TABLEAUX

ET

AQUARELLES MODERNES

EXPOSITION PUBLIQUE

Le Mardi 21 Avril 1896

DE 2 HEURES A 5 HEURES 1/2

COMMISSAIRE-PRISEUR	EXPERT
Mᵉ LÉON TUAL	**M. GEORGES PETIT**
56, Rue de la Victoire, 56	*12, rue Godot-de-Mauroi, 12*

PARIS. — IMPRIMERIE GEORGES PETIT
12, RUE GODOT-DE-MAUROI, 12

CATALOGUE

DE

TABLEAUX

ET

Aquarelles Modernes

PAR

COURBET, DAUBIGNY, DELPY, DIAZ
FEYEN-PERRIN
JACQUE (CH.), ROUSSEAU (PH.)
ROYBET
A. STEVENS, TESSON & VOLLON

DONT LA VENTE AURA LIEU

PARTIE PAR AUTORITÉ DE JUSTICE

HOTEL DROUOT, SALLE N° 8

Le Mercredi 22 Avril 1896

à trois heures et demie

PAR LE MINISTÈRE DE

Me LÉON TUAL, Commissaire-Priseur

56, rue de la Victoire

ASSISTÉ DE

M. GEORGES PETIT, Expert

12, rue Godot-de-Mauroi

EXPOSITION PUBLIQUE

Le Mardi 21 Avril 1896, de 2 heures à 5 heures et demie.

CONDITIONS DE LA VENTE

Elle sera faite au comptant.

Les Acquéreurs paieront, en sus des adjudications, **cinq centimes par franc** applicables aux frais.

DÉSIGNATION

COURBET

1 — *Le Bois.*

C'est l'automne; sur le sol, le gazon est encore vert, mais les grands arbres portent des frondaisons rouillées et font pleurer à leurs pieds comme des gouttes de sang. Par place, on aperçoit des coins de ciel clair.

Signé à gauche, en bas.

Toile. Haut., 51 cent.; larg., 60 cent.

DAUBIGNY

2 — *Pommiers en fleurs.*

Au milieu de la campagne embroussaillée, quelques pommiers dressent leurs panaches de fleurs.

Ciel printanier, d'azur et de rose.

Signé à gauche, en bas.

(*Vente Daubigny.*)

Panneau. Haut., 26 cent.; larg., 45 cent.

DELPY

3 — *La Seine, près de Mantes.*

A gauche, un bouquet d'arbres; à droite, une rive en pente douce; sur le bord, deux laveuses agenouillées et battant leur linge, près de barques amarrées. Au milieu, la Seine coule, heurtant ses eaux à la courbe dessinée par le terrain. Au ciel, le soleil qui se couche promène de fauves clartés qui se réfléchissent dans l'eau.

Signé à droite, en bas.

Toile. Haut., 55 cent.; larg., 100 cent.

DIAZ

4 — *Chemin en forêt.*

A droite, les grands arbres qui défendent l'entrée de la forêt touffue. Des gouttes de lumière chantent sur l'écorce capricieuse de leurs troncs. A gauche, les hautes bruyères. Au milieu, un petit chemin ensoleillé, où marche une moussière, dont la jupe rouge donne une note de coquelicot.

Panneau. Haut., 34 cent.; larg., 40 cent.

FEYEN-PERRIN

5 — *Retour de la pêche.*

Les voici qui reviennent de la pêche en rangs serrés, les hommes et les femmes, au teint halé; les bras chargés de paniers où se secouent les poissons aux reflets d'argent. Les pieds nus, les filles marchent sur le sable fin, légèrement, tandis que les rudes gars portent sur leurs épaules les filets roulés à des perches, comme des drapeaux à des hampes. A l'horizon, quelques voiles se balancent sous un ciel embrumé.

Signé à droite, en bas.

Toile. Haut., 99 cent.; larg., 70 cent.

FEYEN-PERRIN

6 — *Vanneuse.*

Debout, vue de profil à droite, la vanneuse, les bras levés, verse le grain sur une toile tendue et retenue au sol par des pierres. Elle est vêtue d'une robe rouge protégée par un tablier bleu, et coiffée d'un petit bonnet blanc.

Signé à gauche, en bas.

Toile. Haut., 105 cent.; larg.. 48 cent.

JACQUE

(CH.)

7 — *Bergerie.*

A la porte de la bergerie, la bergère fait rentrer ses moutons. Elle est vêtue d'un caraco bleu et d'une jupe foncée. Sa main, ramenée derrière le dos, tient un bâton.

Signé à droite, en bas : *1885.*

Panneau. Haut., 25 cent.; larg., 32 cent.

JACQUE

(CH.)

(ATTRIBUÉ A)

8 — *Poules*.

Dans un coin de cour de ferme, des poules, en train de picoter sur le fumier, devant l'échelle qui conduit à leur poulailler.

Signé à gauche, en bas.

Panneau. Haut., 25 cent.; larg., 30 cent.

JONGKIND

9 — *Chemin au bord de l'Escaut*.

A droite, le chemin montant, que suit un lourd chariot. A gauche, le fleuve, où sont des chalands amarrés; plus loin, au-dessus de l'eau, des moulins, par delà un massif d'arbres, dressent leurs bras en croix.

Aquarelle.

Signé à droite, en bas.

Haut., 19 cent.; larg., 43 cent.

JONGKIND

10 — *Entrée de Village.*

Une grande rue bornée à droite par les maisons du village, à gauche par des murs d'où émerge le clocher de l'église. Au fond, d'autres maisonnettes. Ciel nuageux.

Aquarelle.

Signé à gauche, en bas : *11 novembre 1885.*

Haut., 13 cent.; larg.. 21 cent.

LEMAIRE

(MADELEINE)

11 — *Fruits.*

Des framboises dans un plat de métal ; des groseilles et des prunes dans des paniers.

Aquarelle.

Signé à droite, en bas.

Haut., 35 cent.; larg., 52 cent.

LE ROUX

(CH.)

12 — *Lisière de bois.*

De grands arbres aux frondaisons roussies ; une barrière rustique ; à droite, une paysanne suivant un étroit sentier et tenant un enfant par la main. Ciel bleu où volent d'amples nuages blancs. A droite, au premier plan, une mare à moitié cachée sous les roseaux.

Signé à gauche, en bas : *1849.*

Toile. Haut., 58 cent.; larg., 99.

MAGNUS

13 — *Éclaircie en forêt.*

Signé à gauche, en bas.

Toile. Haut., 35 cent.; larg., 26.

MONTENARD

14 — *Toulon.*

L'eau bleue vient battre contre la berge brûlée par le soleil, ainsi que les murs blancs des constructions coiffées de tuiles rouges. Au milieu, l'église dresse son clocher vers le ciel d'azur où courent des nuages blancs. A gauche, une barque à voiles rouges s'éloigne du bord.

Signé à gauche, en bas : *1885.*

Toile. Haut., 43 cent.; larg., 64 cent.

RICHET

(LÉON)

15 — *Arbres au bord d'une mare.*

Signé à droite, en bas.

Toile. Haut., 62 cent.; larg., 46 cent.

ROUSSEAU

(PH.)

16 — *Cour de Ferme*.

Dans un coin de la cour, au devant de l'étable,
des poules font la sieste, sous l'œil orgueilleux
du coq ; à gauche, un tas de fumier, que deux
poules fouillent du bec ; à droite, au fond, sur
un banc de bois, deux futailles vides.

Signé à droite, en bas : *1856*.

Panneau. Haut., 30 cent. ; larg., 41 cent.

ROYBET

17 — *Les Chanteurs*.

Les chanteurs se sont introduits au château,
et, très humbles, leur luth sur le dos ou à la
main, font au seigneur du logis leurs offres de
services. Mais celui-ci et son compagnon
semblent lents à se décider. A droite, au fond,
un escalier montant ; à gauche, de l'autre côté
d'une table, un personnage debout.

Signé à droite, en bas.

Panneau. Haut., 41 cent. ; larg., 31 cent.

STEVENS

(ALFRED)

18 — *Au Havre*.

La mer se retire ; sur un coin écarté de la plage, des enfants jouent dans le sable encore couvert. Au loin, à l'horizon, une ligne de lumière et des brumes, d'où surgit la silhouette d'un bateau à vapeur. De grands nuages courent dans le ciel orageux.

Signé à droite, en bas : *1882*.

Panneau. Haut., 40 cent. ; larg., 44 cent.

TESSON

19 — *La Caravane*.

Au fond, les constructions d'un village arabe. Sur le devant, de l'autre côté d'une mare, une pente douce. La caravane s'est arrêtée. Des hommes causent par groupes dont les uns sont assis, d'autres debout, d'autres encore montés sur des dromadaires. Ciel clair et bleu.

Toile. Haut., 60 cent. ; larg., 91 cent.

VOLLON

20 — *Nature morte.*

> Sur une table à demi couverte d'un tapis vert, une soupière de porcelaine, une soucoupe, trois pommes d'apis, une fiole et un verre à pied.

> Signé à gauche, en bas.

Panneau. Haut., 23 cent. ; larg., 25.

Paris — Imp. Georges Petit. — 3289-96.

RED. :

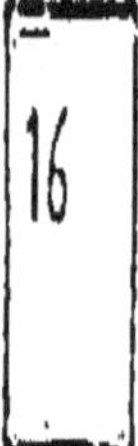

16

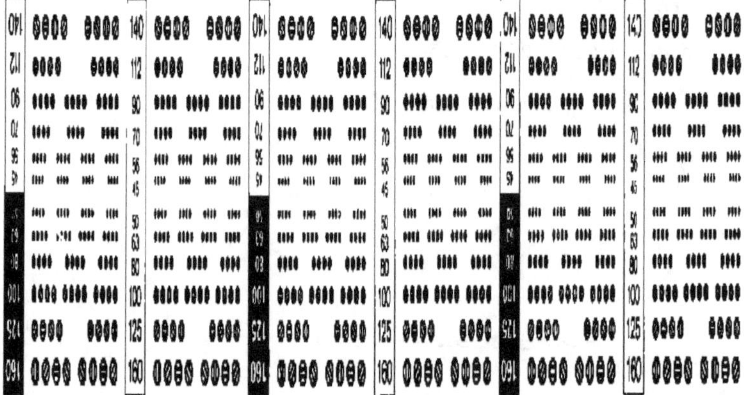

MIRE ISO N° 1
NF Z 43-007
AFNOR
Cedex 7 - 92080 PARIS-LA-DÉFENSE

379.89.70
graphicom

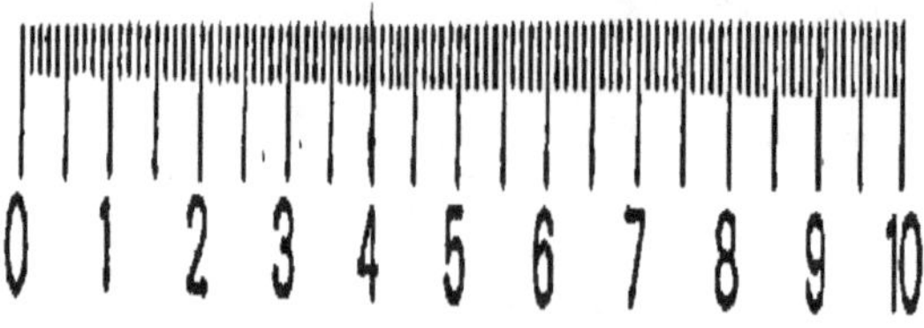

BIBLIOTHEQUE NATIONALE DE FRANCE

****

CHATEAU DE SABLE

1996

9 782329 311524